Dora Heldt

Wiehnachten as jümmers …

Plattdüütsch vun
Heike Thode-Scheel
un Peer-Marten Scheller

Quickborn-Verlag

Die plattdeutsche Schreibweise
ist unverändert von den Übersetzern übernommen worden.

2. Auflage 2013

ISBN 978-3-87651-381-2

Umschlagabbildung: Christel Hudemann, Hamburg
Gesamtherstellung: CPI – Clausen & Bosse, Leck
Der Umwelt zuliebe
auf chlorfrei gebleichtem Papier gedruckt
Printed in Germany

De Geschichten

Swesterndag

Dor full so'n beten Snee. Nich veel, aver noog, üm so'n lütt beten an Wiehnachten to dinken.

Dat weer ok nödig, bit nu harr ik dor nix vun markt, avers hüüt weer de 21. Dezember, hüüt weer Swesterndag.

Ik dreep mi al jümmers mit Katrin an den Maandag vör Hilligavend. Wi gaht denn los un kööpt Wiehnachtsgeschenken. Fröher weer dat böös opregend: Ahn uns Öllern un mit rode Backen weern wi

Hand in Hand dörch Koophüüs un över Wiehnachtsmärkte lopen – in uns Brustbüdel een poor Mark Taschengeld. För unse Mudder hebbt wi Eierlepel oder Nivea-Körperlotschoon köfft un för unsen Vadder Raseerwater.

Wenn noch 'n beten Geld över weer, geev dat noch 'n poor Manneln oder 'n Leevsappel op den Wiehnachtsmarkt.

Middewiel harrn Katrin un ik mit Brustbüdels al lang nix mehr an' Hoot, dat geev keen Raseerwater un ok keen Eierlepels mehr. Mit de ganze Familie worr aver jümmers noch fiert, jüst so as fröher. Mit Wiehnachtsboom, Geschenken un veel, veel to Eten. Mit Kark, 'n ganzen Barg Engels, bunte Kugeln, Kerzen un Wiehnachtsmusik. Aver in't letzt Johr weer Richard noch mit vun de Partie. Nu wull he bi sien Frünnen fiern … mit sien niege Deern. Ik trock mien Schal wat faster un de Mütz över'n Kopp – tominnst snee dat.

Katrin stünn al an de Bushaltesteed un smuuster na mi hin: »Frohe Wiehnachten!« Se harr allerbest Luun, aver ehr Keerl harr sik jo ok nich vör veer Weken vun' Hoff maakt.

Ik schööv de Hannen in de Manteltaschen: »Dat is iesenkoolt, ik heff partout keen Lust, na Geschenken to kieken. Ik kann Wiehnachten nich utstahn!«

»Ach, kaam«, Katrin knuff mi in de Siet, »dat is doch nich wohr! Wi maakt dat fix kloor mit de Geschenken. Ik weet, wat jedeen sik wünschen deit – dat geiht fix düt Johr. Un achterran gaht wi op'n Wiehnachtsmarkt un drinkt Appelpunsch. Denn warrt ok dien Luun beter. Tööv man af. Villicht seggst du denn sogor noch en Gedicht op.«

»Ik bün froh, wenn düsse ganze Wiehnachtskroom vörbi is!«

Katrin keek mi an un schüddel den Kopp: »Wullt du Hilligavend lever alleen in dien lerrige Wahnung sitten?«

Ik plinker de Tranen weg, de mi in de Ogen stegen. Richard harr güstern sien letzten Kroom hoolt. De wull he nu na düsse verdorrigte Juliane slepen. Frohe Wiehnachten?

De Bus keem. Ik weer froh, datt ik nix seggen müss.

An'n Raathuusmarkt stegen wi ut. Dat snee mehr un mehr. Ik keek na'n Heven rop un kneep mien Ogen to. Egentlich heff ik jümmers geern Wiehnachten fiert – tominnst fröher. Aver nu müss ik in twee Daag mit mien lütt Swester na Huus fohrn. Ahn Richard. Na mien Öllern, in en smuck oprüüschte Wiehnachtswahnung, in en heile Welt. Wenn ik dor blots an dink, krieg ik dat Grugen.

Katrin wöör jiddelig: »Karola, hool op! Verdarv mi düssen Dag nich!« Se trock mi an'n Arm in't Koophuus rin.

Twee Stunnen later harrn wi meist all'ns tosamen. Dor fehl blots noch so'n beten Lüttkroom. Ik sweet as dull in mien dicken Mantel, ik harr Döst un hitte Fööt. Katrin weer Füer un Flamm, se harr glönige Backen, se harr all'ns kregen, wat se wull. Tofreden mit sik un de Welt kreeg se mi ünner: »Ik glööv, nu is dat Tiet för'n eersten Appelpunsch.« Se keek op een Poor, dat mit 'n Barg Packelaasch ok noch 'n Boom achter sik ran trecken dä. »Kiek di dat mol an! Wat hebbt wi blots för'n Glück. Wi mööt nix to Eten köpen un 'n Boom bruukt wi ok nich! Wi fohrt övermorrn na Huus un dor is al all'ns trecht. Wees man froh un vergeet den verdorrigten Richard. Dat is Wiehnachten!«

Katrin müch den Winter, den Wiehnachtsmarkt, Geschenken un den doren Swesterndag. Un ik weer fix dorbi, ehr all'ns to verdarven. Ik reet mi tosamen, stüer op de eerste Appelpunschbuud to un order twee Beker. Katrin smuustergrien un Chris Rea sung: »Driving Home for Christmas«. Denn wöhl se in ehr

Tasch na dat Handy: »Ik heff 'n niegen Pingelton. Jo, hallo? ... oh, hallo Mama!«

Se keek verbaast un dat Grienen wörr wat weniger: »Meenst du dat würkli? Bi Karola? Un wonehr ... Och so. Nee, nee, dat warrt ... Jo. Goot. Tschüss!«

Se nehm dat Handy daal un denn keek se mi nadenkern an: »Richard is nu woll dien lüttst Problem! Dat weer Mama. De Heizung is twei un kummt woll bit Wiehnachten nich wedder in Gang. Se kaamt na Hamborg. Un du hest jo de gröttere Wahnung. Wi fiert düt Johr bi di. De Goos bringt se mit, all'ns annere hebbt wi jo woll, meent Mama. Karola, wo süht dat egentlich in dien Wahnung ut?«

Mi bleev de Luft weg: »Dat geiht nich. Dor kann ik keeneen rinlaten!«

Katrin nickköpp nadenkern: »Dat heff ik mi dacht. Man dat hölpt nix. Wi hebbt noch 48 Stünnen – laat uns losfohrn ...«

Mien Swester sä gor nix mehr, as wi in de Wahnung rinkemen. Dat kunn Katrin goot, sik trüchhollen un över all'ns wegkieken. Ik harr keen Handslag mehr maakt siet den gräsigen Avend, as Richard mi vertellt hett, datt he vun nu an bi Juliane leven wull. Överall leeg Tüüch vun mi rüm, in de Köök stünn 'n groten Barg mit schietiget Geschirr, ik harr de Post nich mehr opmaakt, de Poppierkorv weer proppenvull un överall leeg Stoff. Blots dor, wo Richard sien Kroom wegnahmen harr, weer so'n beten Platz.

»Ik fang in de Köök an«, Katrin trock ehr Jack ut, »un du leggst düsse CD rin, aver ornlich wat luut!«

Veer Stünnen later fullen wi op dat Sofa un hebbt de Been lang maakt. De Wahnung weer kloor. Wi harrn all'ns ümstellt. Nu sehg dat nich mehr so ut, as ob dor wat fehlen dä. Dree grote Büdels mit Müll stunnen vör de Wahnungsdöör, dat röök na Schüermiddel un frische Luft.

»Grootaardig!«, ik keek mi üm, »dank di, Katrin, ahn di harr ik …«

»Laat goot ween«, se wies op de Klock, »wi sünd noch nich trecht. Du west doch, wo dat mit Mama un Papa is. Nu mööt wi dat hier noch op Wiehnachtsschick bringen. Woneem sünd dien Wiehnachtssaken?«

»Weg! Richard much dat Gedööns nich!«

Katrin kunn't nich glöven: »Du harrst doch veer Kisten vull – Kugeln, Rökermänneken, Kerzenstänners, Steerns. Du hest meist all'ns vun to Huus mitnahmen!«

Katrin harr recht, uns Mudder much to üm to geern op Wiehnachtsmärkte gahn. All dree Johr hett se wedder niegen Wiehnachtskroom köfft. De annern Saken heff ik ehr afsnackt, fröher, in mien olet Leven. Aver Richard harr sik al glieks över dat Gedööns opreegt un dorüm harr ik all'ns in't Fröhjohr op'n Flohmarkt verköfft.

»Du hest gor nix mehr?«, mien Swester kunn dat nich glöven, »dat weer uns Familien-Wiehnachts-Smuck! Mama dreiht af! Wi köönt doch Hilligavend nich … ahn Steerns … ahn Engels … un ahn Boom! Karola, de Ladens hebbt al dicht. Wi hebbt blots morrn noch un mööt sehn, datt wi all'ns wedder tohoop kriegt … ik kann dat nich begriepen!«

An'n neegsten Dag stunn ik as so'n Frostködel vör'n Buumarkt. Ik tööv op mien Swester. Se keem jüst in den Momang, as de Verköpersch de Döör opmaken wull.

»Nu geiht' los«, Katrin wöhl den Inkoopszeddel ut de Tasch, »rode Wiehnachtskugeln, sülvern Lametta, dree Keramik-Wiehnachtsmänner, de Rökermänneken. Wo gifft dat Kugeln? Dor achtern!«

Ik harr mi dat wat eenfacher vörstellt. Wiehnachtskugeln geev dat blots noch in geel, gröön oder ut Glas. Lametta weer gor nich mehr dor. Rökermänneken weern utverköfft, jüst so as Steerns un Engels.

»Junge Fro, hüüt is de 22. Dezember. Wi sünd froh över all'ns, wat weg is! Nehmt se doch eenfach gröön!«

Wi trocken wieder na den negsten Buumarkt. Denn na Goorner Hansen, dorna noch gau na Geschenke-Pieper un opletzt op'n Wiehnachtsmarkt. Kort vör Ladensluss sünd wi noch fix in den drütten Buumarkt un in so'n Geschäft mit Möbelmang ween. Mööd un möör kemen wi na Huus – mit veer grote Tüten vull. Ik kreeg meist den Slötel nich in de Döör. »Wi hebbt doch 'n ganzen Barg kregen. Meenst du, Mama wörr würkli all'ns wedder kennen?«

»Jo«, Katrin weer sik seker, »wi sünd noch nich trecht dormit!«

Den ganzen Avend seten wi bi Wiehnachtsmusik un Tee an' Kökendisch. Wi harrn 'n Barg mit all den Kroom to doon, den wi inköfft harrn. Rode Kugel geev dat blots noch as Utschuss, de müssen mit roden Nagellack utbetert warrn. Katrin sneed ut gülden Poppier scheeve Steerns. Dat eene Rökermänneken harr blots een Been un kreeg nu vun Katrin ut Kneetgummi 'n Nieget. Later drunken wi 'n Buddel Rootwien – so güng dat allns wat lichter. Den Adventskranz hebbt wi nich bunnen – dorto weer keen Tiet. Wi hebbt em tackert. De Teelichten hebbt wi mit Kleevband fastmaakt un ut dat letzt Glanzpoppier hett Katrin Harten utsneden. Dat Efeu op den Balkon kreeg 'n Minilichterkeed. Ut twee Rullen Alufolie hett Katrin Striepens vun Lametta maakt. Wi kemen richtig in'e Gang. Ik heff markt, datt ik nich eenmol an Richard dacht heff. Ik fung an, mi op Wiehnachten to freun. Mit 'n scharp Mess sneed ik nu noch de Stumpenkerzen wat lütter – un rutsch af. Katrin sä jüst: »Woans köönt wi 'n Stänner för'n Wiehnachtsboom buen un wo kriegt wi överhaupt 'n Boom her?« In den Momang seet de Kling vun't Mess in mien Finger binn. Dat Blood sprütt blots so op de niege Wiehnachtsdeek. Un wieldatt ik keen Bloot sehn kann, full ik in Ahnmacht.

Ik hööр 'n liese Stimm, föhl 'n warme Hand un sla de Ogen op. Mien Finger pucker. De Mann, de vör mi huken dä un mien Finger verbunnen hett, keem mi bekannt vör. He grien mi an: »Dat mutt nich neiht warrn. Süht leger ut, as dat is.«

»Wokeen sünd se denn?«

He kleev dat Ploster över den Verband un sä: »Dien Naver. Stefan Albers. Ik bün vör twee Weken introcken. Ik heff ok al 'n poor Mol pingelt un wull mi vörstellen, aver du hest de Döör jo nich opmaakt.«

»Un wat maakst du hier?«

»Dien Swester hett pingelt un fraagt, wat ik Verbandstüüch heff.«

»Un worüm büst du glieks mitkamen?«

»Wieldatt ik Dokter bün. Un ik wull di ok al lang mol kennenleern.«

»Wahnst du alleen?«

»Jo, hest du sünst noch Fragen?«

»Hest du ’n Dannenboom toveel?«

De Dannenboom weer nich jüst schöön. Dor geev dat an’ 23. Dezember nich mehr so’n grote Utwahl. Stefan harr uns aver ’n würklich schönen Dannenboomfoot lehnt un noch ’n Dannenboomspitz bavento. He harr ok noch Strohsteerns un lütte Sneemänneken. Un Mandarinen, Wiehnachtspletten un Dominosteen. He müch Wiehnachten to üm to geern. Egentlich keem jümmers sien ganze Familie bi em vörbi, jüst nu, wo he mit sien Fro uteenanner weer. Düt Johr wulln se aver bi sien Swester fiern. Sien egen Wahnung weer to lütt.

Mien Öllern weern reinweg ut de Tüüt. Se kunnen Richard nämli partout nich lieden. Se weern froh, datt ik de roden Kugeln jümmers noch harr, datt de Wahnung so smuck utsehg un ik opletzt ok wedder de Ole weer. Mit Richard tosamen harr ik jümmers so trurig utsehn. Blots de Lichterkeed, de schull ik man utwesseln. Dor weern so ’n Barg Lichten twei. Dat sehg jo ut, as ob dor ’n »S« an de Wand maalt weer …

Katrin proost mi to: »Dat is ’n Teken, oder?«

Ik nickköpp: »Dat will ik woll hoffen. Frohe Wiehnachten!«

Wiehnachten as jümmers …

Ines kunn sik meist nich tosamenrieten. Liekers grien se den lütten dicken Bengel in't Engelskleed an. Se haal deep Aten un swiester em liesen in't Ohr rin: »Wenn du noch eenmol mit dien Braatwust an mien Mantel rankümmst, denn riet ik di de Ohren af.« Denn sä se wat luder: »Na, denn will ik mol hoffen, datt de Wiehnachtsmann di all'ns bringen deit, wat du di wünscht hest!« Se dreih sik na de junge Fro hin: »Is dat ehr Söhn? To üm to nüdlich. Frohe Wiehnachten.«

De Mudder keek ehr verwunnert an. Ines dreih sik üm un schoof sik dörch all de Minschen op'n Wiehnachtsmarkt. Se harr sik extra een Dag frienahmen, üm denn na un na de Geschenken to köpen – aver schients harr se jüst den Dag faatkregen, wo ganz Hamborg op de Been weer.

Millionen vun Minschen weern ünnerwegens, de Millionen Plastiktüten bi sik harrn. Dor keken Millionen Rullen Geschenkpoppier rut – un de meisten weern jüst an't Braatwust eten, mit Semp natürli. Un Punsch dorto.

Se kreeg dat Grugen. Man dat Slimmste weer: Se harr noch nich een Geschenk – jo, se harr noch nich mol een Idee. Nich för ehr Öllern, nich för ehr Swester un nich för ehrn Broder – un mol ganz afsehn vun all de annern, de dor wiss noch an Wiehnachten vörbikemen.

Dorför harr se nu twee Fettplackens op ehrn niegen Mantel, runne Fööt un Koppweh noch dorto. Un dat all'ns an'

22. Dezember. Dorbi harr se en afslut feine Inladen för Hilligavend kregen. Wiehnachten op'n Gutshoff in Dänemark. Ahn Stress, ahn Geschenken – aver dorför mit en Barg nette Lüüd, veel Rootwien, godes Eten, Fööt hoch leggen un ganz veel Roh. Maren, ehr öllste Fründin, weer dor siet twee Johr op den Hoff tohuus. Un nu, wo all'ns op Schick weer, harr se all ehre niegen un olen Frünnen inlaad. Wat weer dat schöön west! Aver Ines müss jo na Sylt un mit ehre Familie Wiehnachten fiern.

So as jümmers. Ok mit 38 weer dat nich anners! Aver Christine weer meist ut de Puschen kippt, as Ines so ganz vörsichti andüüd hett, datt se düt Johr villicht na Dänemark fohrn wull.

»Wi fiert jümmers tosamen, Ines«, harr se verbaast seggt, »dat kannst du Mama un Papa nich andoon. De freut sik doch al siet Maanden. Uns Broder Georg wörr sachs ok lever mit Nina Ski fohrn un

Johann findt dat ok nich jüst lustig, datt ik op Sylt bün. Aver dor mööt wi nu mol dörch. Du ok. Also, sehg to!«

Miteens bleev Ines vör en Café stahn. Dörch de Schiev sehg se een Disch, de frie weer. In' Momang leep sowieso nix rund, aver ok rein gor nix. Dor kunn se sik doch ok glieks för een Halvstünnstiet hinsetten un Koffie un Koken bestellen. Villicht hölpt dat jo. Un villicht full ehr denn ok wat in, wat se ehr Mudder schenken kunn … un ok, woans se dat överleven kunn, wedder mol Wiehnachten mit ehre Familie to fiern.

Christine möök ehr Knipp to un steek dat in de Handtasch trüch. Se müss töven, bitdatt de Verkööpersch trecht weer mit dat Inpacken. So en vigelliensche Verpacken harr de dore Bodylotschoon gor nich verdeent. Aver de Verköpersch möök Slööf üm Slööf üm dat feine Poppier un kunn gor keen Enn finnen. Un Charlotte, ehr Mudder, de wörr sik dor woll över freun. Se much dat to üm to geern, wenn dat smuck inpackt weer. Tofreden güng Christine ut den Laden rut.

Dat weer dat letzt Geschenk. Dat weer Klock dree un se harr all'ns tosamen. Frohe Wiehnachten! Nu harr se sogor noch Tiet för'n Punsch op'n Wiehnachtsmarkt. Un denn müss se tohuus ehr Saken tosamensöken. Later wull se mit Johann telefoneern. Hoffentli harr he nu betere Luun – noch so'n Spektokel üm de Fierdaag weer ehr hüüt enfach to veel. Un wenn, denn blots mit ganz veel Punsch.

Se güng op'n Wiehnachtsmarkt jümmers an den sülvigen Stand. De drütte, an de rechte Siet vun' Ingang. Nette Lüüd un reinen Wien. Se stell sik an un keek över den Trubel – fief Lüüd stünnen noch vör ehr in de Reeg. So as jedeen Johr sineer se: Wo kaamt blots all de Minschen her? Un wat würrn de woll sünst so doon, wenn se nich jüst op'n Wiehnachtsmarkt sünd?

Un worüm, verdammi noch Mol, harrn so veele Lüüd so slechte Luun? Christine kunn dat nich begriepen. Se müch düsse Tiet. Se müch Punsch, Pletten, Stollen, Talglichter, Dannen, Geschenken un ehr Familie. Se weer de Öllste. Dor kunn dat woll an liggen. Denn bi ehr Swester un ehrn Broder sehg dat ganz anners ut.

»Christine?« Se verfehr sik böös. Miteens föhl se een Hand op ehrn Arm. »Wat maakst du alleen op'n Wiehnachtsmarkt? Frustpunsch? Oder heff ik Johann översehn?«

»Hallo, Dorothea.« Christine drück ehr Fründin 'n Söten op de Back: »Wullt du ok 'n Punsch?« Dorothea nickköppt: »Jo, geern!«

»Dennso twee Punsch«, sä se.

Se bröch de beiden Bekers an en Disch, de so'n beten sietaf stünn un böös backsig weer. Dorothea keek sik de Bekers nipp un nau an. Dor weern Wiehnachtsmänner op, de Ringelrangelrosen danzten. Se schüttkopp blots: »Mi maakt dat all'ns hier ramdösig. Ik kann gor nich begriepen, datt du dat all'ns jümmers noch schöön finnen deist. Ik fleeg övermorrn na San Francisco. Heff ik di dat al vertellt? Rut ut den Sneematsch un weg vun de Wiehnachtsmänner!«

Christine pruusch in ehrn Beker: »Wiehnachtsmänner hebbt de Amis ok – dor verlaat di op – blots noch wat bunter. Un noch mehr Kitsch.«

»Aver dat Wedder is dor beter. Un wiet un siet keen Familie«, Dorothea grien sik een, »oder steiht düt Johr wat anners op'n Zeddel?«

»Natürli nich«, Christine keek ehr verbaast an, »wi fohrt jümmers na Sylt. Wi köönt doch mien Öllern nich alleen to Huus sitten laten över de Fierdaag. Un du kennst se doch: De köönt Hamborg nich utstahn. To groot, to luut, to veel Müll, to veel Minschen. Dor kann en sik doch gor nich so recht op Wiehnachten besinnen.

Un överhaupt – ik finn dat schöön – Wiehnachten op Sylt. Ob du dat nu glöövst oder nich. Roh, de See, de Wind un wenn wi Glück hebbt Snee. Dat is doch wunnerbor.«

Dorothea nickköppt: »Dien Swester süht dat aver anners. Ik heff Ines vörhin jüst bi't Koffiedrinken drapen. Se hett sik dree Stück Koken bestellt. Ut Frust un ut Bammel vör de Fierdaag.«

»Ines«, Christine rull mit de Ogen, »de maakt jedeen Johr dat sülvige Theoter. Twee Daag vörher fallt ehr in, datt se noch Geschenke köpen mutt, datt se noch waschen mutt un de Stüern, de mutt se ok noch fix in de Reeg bringen. Un denn kümmt se eerst recht in Brass un is luunsch. Bavento harr se noch so'n ganz besünnere Inladen, de för't Leven wichtig weer. Aver wenn't denn sowiet is, gefallt ehr dat doch op Sylt.«

»Jo?«, Dorothea keek un smuuster sik en, »dat hòör sik aver vörhin ganz anners an. Ach, kiek mol an, dor löppt dien Broder.« Denn fleit se miteens bannig luut op twee Fingers. Christine scheet in' Dutt un klacker mit ehrn Punsch.

»Büst du mall? Och nee – dat geiht nienich wedder rut«, verbaast keek se op den Mantel, de mol wollwitt weer un nu lüerlütte rode Sünnensprütten harr, »wat'n Schiet.«

Ehr Broder stünn al vör ehr: »Hey, wat'n Tofall. Dree Millionen Minschen loopt hier op'n Wiehnachtsmarkt rüm un jüst du fleitst achter mi ran. Is dat dor Punsch op dien Mantel, Christine? Dat süht nich goot ut.«

»Moin Georg. Dat is nich lustig«, se schubber as dull mit en Dook över de Plackens – aver dor weer nix to maken. »Dat is mien eenzigst warmen Mantel. Wat maakst du egentlich hier? Ik dink, du büst bit morrn bi Nina.«

»Nee«, Georg tucks mit de Schullern, »Nina wull nich över Wiehnachten na ehr

Öllern hin. Dor harr se keen Lust to. Un wieldatt ik nu ok weg bün, will se een Week Skiferien maken. Mit ehr Fründin Katrin. In Südtirol. Güstern is se los.

»Un worüm fohrt se nich mit na Sylt?« Dorothea keem jüst mit dree Beker Punsch trüch. »Ach, se weer al mol mit. Johann jo ok. Aver dat funnen de Beiden nich so besünners goot. To veele Lüüd un överhaupt.«

»Woso?« Dorothea keek eerst na Christine un denn wedder na Georg: »Kümmt Johann denn ok nich mit?«

Christine smuuster so'n beten gliekmödig: »Johann? Nee, de fohrt düt Johr mit sien Tant Mausi na Stockholm. Städtetour. Dat hett se sik al lang wünscht. Un nu wüllt se dat över de Fierdaag maken.«

Goot, datt Georgs Handy pingeln dä. »Ines! Ik stah mit Christine un Dorothea op'n Wiehnachtsmarkt un drink Punsch. Wat is los?«

He höör ehr 'n Momang to, denn

schüttkopp he un sä: »Keen Ahnung. Kaam man her un denn köönt wi uns wat överleggen. Wi sünd op'n Raathuusmarkt, drütte, nee, veerte Reeg rechts, glieks an' Anfang. Okay. Bit glieks.«

Georg pack sien Handy in de Jack rin un sä: »Se kann keen Geschenk för Mama finnen un will weten, ob se nich eenfach bi uns Geschenk mitmaken kann.«

»Nee!«, meen Christine füünsch un stell ehrn Beker op den backsigen Disch, »se kann sik jo woll ok mol sülven wat överleggen. Jedeen Johr dat sülvige.«

»Frohe Wiehnachten.« Dorothea grien sik en un trock sik de Mütz över de Ohrn. »Ik wünsch ju veel Spaaß bi jüm Familienwiehnacht. Ok wenn dat Strieden nu al losgeiht. Ji warrt dat woll trecht kriegen. Ji kennt dat jo allerbest. Also – wi seht uns in't tokamen Johr. Hoolt ju fuchtig.« Niedsch keken Christine un Georg achter ehr ran.

An' tokamen Dag trummel Christine jiddelig mit de Fingers op dat Stüer rüm. Se stunn nu al 'n Viddelstünn vör Ines' Huus. Kloor, se harr ok wedder keen Parkplatz funnen un so müss se in de tweete Reeg töven. Georg weer utstegen un wull Ines holen. Christine drück noch mol op de Huup. Een vun de Kooplüüd stünn vör de Döör un wies ehr 'n Vagel. Christine dä so, as wenn dat rein ut Versehn passeert weer. Jüst dor kemen ehr Broder un ehr Swester na buten.

»Na endli«, sä se, as Georg de Autodöör opmaken dä, »wat hebbt ji denn de ganze Tiet maakt?«

»Fröhstück eten«, meen ehr Broder fründli, »so recht komodig. Worüm?«

»Dat is nich lustig.«

Ines baller den Deckel vun' Kofferruum mit soveel Smackes to, datt dat Auto wackeln dä. Denn reet se de Fohrerdöör op.

»Frohe Wiehnachten, mien leeve

Swester. Ik heff mien Kabel för't Handy nich funnen. Hest du hier so huupt?«

»Stieg in«, sä Christine. Se schoot in' Dutt, as Ines de Döör toballern dä.

»Ik fohr keen Trecker. De Dören kann en ok liesen tomaken.«

»Jo, jo.« Ines sett sik achter Georg hin un hau op den Sitz: »Rutsch na vörn. Anners slaapt mi de Been in.«

Christine föhr los. In't Radio speel en vun de slimmsten Wiehnachtssongs. Mit en Süchten luer se op dat Gesicht vun ehr Swester in' Rüchspegel.

»Mama un Papa freut sik, Ines. Dat ganze Johr över. Un egens is dat jo ok jümmers ganz schöön.«

»Mag ween. Aver dreih doch dat Radio liesen. Wenn ik düt Leed noch lang höörn mutt, denn krieg is Utslag.«

Na'n lütt Paus böög sik Ines na vörn un fraag Georg: »Weer Nina gor nich mucksch, datt se alleen Ski fohrn mutt?«

»Se fohrt doch mit Katrin. Un uns Wiehnachtsnummer, de is ehr to veel.«

»Jüm doot jümmers so, as weer dat de reinste Horror.« Christine düücht, se müss nu mol de ole Familientraditschoon Stütt un Stöön geven: »Verdammi nochmol, is doch Wiehnachten. Dat is nu mol en Familienfier. Un dat is doch ok jümmers ganz schöön.«

»Na dree Buddeln Rootwien«, Ines dreih sik na de Siet, »Johann kümmt jo ok nich mit. De weet al worüm.« »Nu hool aver op.« Georg fummel en CD ut sien Tasch rut un schööv se rin. »Ik heff Musik mit. Recht wat schöne. Ahn jichtensen Wiehnachtsleed. Aver wenn ji wieder so rümlamenteert, denn nehm ik de wedder rut un stell dat Radio luder.« Twee Stünnen later weern se op'n Autotog na Sylt.

En Dag vör Hilligavend geev dat dor noch 'n Barg Platz. So richtig güng dat jümmers eerst an' tweeten Fierdag los. De

Daag dorvör bleven de Insellüüd mit ehr Familien ünner sik.

»Nix los hier op de Insel.« Ines reck sik un japp na Luft. »Blots de Inselgöörn, de Order kregen hebbt.«

»Ines, holl op«, Christine keek ehr Swester füünsch an, »gah mi nich op'n Geist. Du kannst tokamen Johr tohuus blieven. Dat kannst du denn Mama un Papa sülven verklookfideln. Un Tante Inge un Unkel Walter. Minschenskind, dat sünd doch blots dree Daag. Un üm de Geschenke hest du di ok nich kümmert. Blots betahlt, dat hest du. Un ob di dat nu passen deit oder nich: Ik freu mi.«

»Sünd Pia un Björn denn tominnst ok dor?«

»Kloor«, Georg keek sien lütte Swester an, »dor hett Tante Inge för sorgt. Dat weer jo woll noch schöner. Ach jo, Pia kümmt ok ahn Frank. Unse Leevsten sünd würkli Bangbüxen.«

Christine sä nix mehr. Dat weer nich

jüst warm in't Auto. Blots söven Grad. De Wischers jiep över de Schiev as dull. Dat beten Regen weer to wenig för de Wischers, aver toveel för de Schiev. Wenn't tominnst sneen dä, sineer Christine. Sä aver lever nix. Anners worr Ines seker lamenteern.

De Stratenlantüchten op de Insel weern mit Dannen un rode Slöfen utstaffeert. De hüngen al en beten trurig daal.

»Hoffentli schenkt mi nüms 'n Sleden«, sä Georg. »den kann ik jo gor nich utprobeern.« Christine keek ehrn Broder vun de Siet an: »Dien letzten Sleden hest du vör dörtig Johr kregen. Du hest huult, wieldatt du na de Bescheren nich mehr rut dröffst. Un an' eersten Fierdag füng dat an to regen. Wat weer dat för'n Theoter.«

»Fiefundörtig Johr. Ik weer söss. Ik kunn em aver eerst fief Johr later utprobeern. Dor harrn wi eerst wedder noog Snee.«

»Dor hett sik even nix ännert«, Ines

wisch de Schiev kloor, »gor nix. Dor steiht dat Empfangskomitee.«

Christine wörg meist den Motor af, as se op de Opfohrt tostüern dä. Op de Trepp stünnen ehr Öllern mit Tante Inge un Unkel Walter. Se harrn all rode Wiehnachtsmützen op un keken se wiss an.

»Hohoho«, reep Unkel Walter, »frohe Wiehnachten un vun Harten willkamen.«

Ehr Vadder weer mit twee Schreed an't Auto un höll Ines de Döör op. »Jüm sünd jo laat. Wullen ji nich üm Klock acht losfohrn?«

»Nee, Papa.« Ines steeg sachten ut un reck sik eerst Mol düchtig. Denn nehm se Heinz in den Arm: »Vun Klock acht hebbt wi nienich snackt. Denn harr ik jo üm Klock söss opstahn müss. Ik bün doch nich mall. Smucke Mütz.«

»De hett Walter mi mitbröcht. Ut'n Supermarkt. De sünd schöön warm. Wullt du mol?«

»Danke. Moin Mama.«

Heinz dreih sik na sien Öllste üm.

»Na, Christine, du sühst aver mööd ut.«

»Frohe Wiehnachten, Papa. Nee, gah mi af mit de Mütz – ik weer güstern bi'n Putzbüdel.«

Muulsch trock Heinz sik dat rode Deel wedder övern Kopp: »Denn nich. Dat is aver goot bi düssen Regen. Georg, wat seggst du to'n HSV? Kennst du den niegen Speler?«

»Jo.« Georg wrangel sik twüschen sien Swestern dörch un wull sien Mudder Dag seggen. Se keek em wat scheef an un nehm em nipp un nau op't Koorn: »Du warrst jümmers spiddeliger. Ittst du nich noog? Kiek di mol dien Swestern an – de seht propper ut.«

»Charlotte«, Tante Inge stünn op eenmol achter ehr, »so drall sünd de Deerns nu ok wedder nich. Du muttst di nahsten mol Pia ankieken. De hett düchtig wat toleggt.«

Achter ehrn Rüch rull Ines mit de Ogen. Ehr Swester dä so, as wenn se nix höört harr. Christine weer nich dick un Ines ok nich – aver blangen Georg sehg jedeen ut as'n Mops.

»Wüllt ji noch wat länger hier buten in' Regen stahn blieven?« Unkel Walter stünn jümmers noch ünner dat Vördack vun'e Huusdöör – un dat, ofschoonst he sien Wiehnachtsmütz op harr.

»De Disch is al kloor. Wenn ik nich op de Steed wat to eten krieg, denn fall ik in Ahnmacht.«

»So gau fallst du uns nich üm«, Tante Inge keek ehrn Mann füünsch an un klopp Christine truschüllig op de Schullern. »Du freust di doch jedeen Johr op Wiehnachten, oder? Pia deit jümmers so, as wenn dat Wunner wat för'n Opstand is, dree Daag vun Berlin na Sylt to kamen. Aver denn findt se dat doch jümmers wedder schöön.«

»Jo, ik …«, füng Christine an. Man

Inge dreih sik al na Ines hin. »Un bi di all'ns kloor? Job, Wahnung – all'ns schöön? Hest du jümmers noch keen Fründ?«

»Tante Inge, ik ...«

»Inge«, Walter keem bilütten in Raasch, »ik kipp nu üm.«

»Georg, ik heff di doch wat fraagt. Ob du düssen niegen Speler vun' HSV kennen deist? Is dat 'n Chinees oder so wat?«, Heinz trock sien Söhn bisiet. »De Taschen kannst du later noch utladen. Segg doch mol! En Chinees?«

»Wi kööont glieks eten.« Charlotte nehm sik en vun de Taschen un güng op de Huusdöör to. »Schoh ut, hinsetten. Anners kippt uns Walter noch üm.«

Christine, Ines un Georg töven, bitdatt de veer Wiehnachtsmänner achter de Döör verswunnen weern. Denn grepen se ehr Packelaasch un zuckelten achterran. In de Deel kreeg Georg miteens twee Engels mit sien Kopp tofaten. Twölf Stück harr sien Mudder dor an de Deek ophungen. De Engels reten ut de Slööf un flogen rünner op'n Footborrn.

»Verdammi noch Mol! Överall hangt hier wat rüm!« He huuk he sik daal un wull de sülvern Schören tohoopschuven. »5000 enkelte lüerlütte Deele.«

»Is doch Wiehnachten.« Ines bück sik daal un nehm en vun de blänkern Flögels hoch. »Ik dach, Engels köönt flegen. Vunwegen. Mama kriggt toveel. Se hett de doren Dinger eerst letzt Johr in Stockholm op'n Wiehnachtsmarkt köfft.«

»Wo blievt ji blots? Och, miene Engels. Woans hebbt ji dat denn trecht kregen? Ji sünd meist noch gor nich ganz binnen, dor is al mien halve Dekoratschoon in' Dutt.«

Bedrüppelt güng nu ok Charlotte in de Kneen un keek sik dat Malöör an. »Dat kannst du vergeten – dor is nix mehr mit Kleven. Schnied di nich, Georg, anners swienereerst du hier all'ns in.«

»Nu kipp ik aver glieks ut de Puschen«, reep Unkel Walter luut ut de Kööк, »wo lang duert dat denn noch? Dat warrt doch all'ns koolt.«

In de Köök weer dat komodig warm. Charlotte harr den Disch uttrocken, aver mit söven Lüüd weer dat liekers to eng. Christine haal deep Luft un klemm sik op de Eckbank blangen ehrn Vadder.

»Woveele Engels hebbt ji egentlich üm de Eck bröcht?« He keek ehr kort an un füll sik wat vun de Höhnersupp op.

»Twee.« Christine höll em ehrn Töller hin. Man he keek dor över hin un schoov de Kumm na Georg röver: »Hier, mien Jung. Hett Mama extra för di kaakt.«

»Danke«, Georg füll sik op, »dor hangt aver jümmers noch tein Engel an't Band. Dat fallt doch gor nich op, datt dor twee fehlen doot. Tante Inge, giff mi mol dien Töller.« Christine stell ehrn Töller wedder daal. »Wannehr kaamt denn Pia un Björn?«

»Glieks.« Inge grien Georg an. De schoov de Supp to Ines hin. Walter harr al sien tweten Töller un Christine harr jümmers noch nix. De Kumm wanner vun Ines na Charlotte un op't Kökenschapp.

»Dat is anners to vull op'n Disch. Christine, wullt du gor nix?«

»Doch, ik …«

»Frohe Wiehnachten! Verdorri! Is dat hier warm.« Mit Pia keem 'n Swung koole Luft in de Köök rin. Se stünn mit Mütz un Jack in de Döör un reet sik den Schal rünner. »Hallo, alltohoop. Schöön, datt ji dor sünd.«

»Wullt du Supp?« Inge dreih sik to ehr üm. »Nehm di man 'n Töller. Kannst du in' Stahn eten?«

»Björn kümmt ok glieks. Dat rüükt fein, Tante Charlotte.«

Gau harr se de Jack uttrocken un 'n Töller mit Supp in de Hand. Se lehn sik an't Kökenschapp un füng an to eten.

Christine nehm ehrn Töller wedder hoch: »Pia, kannst du mi woll ...«

»Ji sünd al bit Eten!« Björn reet de Döör so wiet op, datt Unkel Walter se in't Krüütz kreeg.

»Ik kann jümmers noch nich glöven, datt du mien Söhn büst«, Walter dreih sik suutje na Björn üm, »Du büst as so'n Elefant in' Porzellanladen. Vun mi hest du dat nich.«

»Ik wünsch di ok frohe Wiehnachten, Papa«, Björn hau Walter fix op de Schuller. »Na, Deerns, Unkels, Tanten, Georg – wedder een Johr rüm, wat? Un wedder geiht dat dore Spektokel vun vörn los. Dor sünd jo gor keen Fleeschklümp in de Supp. Du büst ok nich mehr de Ole, Tante Charlotte.«

Christine wies jümmers noch ehrn leddigen Töller un keek Pia an. Aver de harr dat gor nich spitz kregen. Man Björn, de lang hin: »Danke. Dat rüükt würkli goot.«

He stünn blangen sien Swester an't Schapp un füng an to eten: »Smeckt goot.«

Christine trock 'n Snuut: »Ik harr woll geern …«

»Ik heff de Fleeschklümp vergeten«, Charlotte schüddel den Kopp un keek Inge an, »dat Hack is in de Truhe binn. Dat heff ik total vergeten.«

»Solang du noch weten deist, wat du mit dat Hack maken schallst, is dat nich slimm«, Heinz wisch sik den Mund af un grien sien Fro an, »wenn di nich mehr infallen deit, wat dat is – denn geevt wi di weg. So, Christine, nu stah man mol op. Wi sünd jo al satt – denn köönt Pia un Björn ok bi't Eten sitten.«

»Aver ik …« Christine harr keen Chance. Heinz schööv ehr eenfach vun de Bank rünner: »Du kannst mol op'n Böön kladdern un den Dannenboomfoot rünnerholen. Ik weet jümmers nich, wo Mudder den hinpackt hett.«

»Wo schall Christine dat denn vun

weten?«, nu full Georg ok mol in, sien Swester bitostahn. »In dat witte Schapp, baven rechts. Aver de Supp, de geiht doch ok mol ahn Fleeschklümp, oder?« Charlotte kunn dat jümmers noch nich glöven, datt se de vergeten harr.

»Hest höört, Christine?« Heinz möök ehr mit'n Grientje de Döör op. »Dat is hier ok veel to warm, kannst froh ween, wenn du mol an de frische Luft kümmst. In dat witte Schapp. Baven links.«

»Baven rechts«, repen Ines, Pia un Georg mit een Stimm.

Christine gung los.

»So, Kinners!« repen Heinz un Walter as jedeen Johr üm düsse Tiet, »un nu rut hier. Seht to, woans ji blieven doot. Ji schüllt den Dannenboom nich to fröh to Gesicht kriegen!«

Al veele Johrn sünd se nich mehr op ehr Kinnerstuven gahn to'n Spelen oder

Strieden, nee, se weern all tosamen rünner na'n Haben gahn un hebbt Beer drunken. Dor wörr nich veel üm snackt.

As se weg weern, keek Charlotte jümmers noch bedrüppelt in't Iesschapp. Heinz un Walter marachen sik in' Goorn mit den Dannenboom af. Inge telefoneer mit de Navers. Se wull all'ns kloor maken för den Nu-is-de-Bescheren-vörbi-Snaps. So as jedeen Johr.

Björn haal de eerste Laag Beer. All fief drunken ahn een Woort. Pia stell ehr Glas Beer mit 'n Rums op'n Disch, wisch sik mit de Hand de Snuut af un sä: »So, mööt wi noch wat besnacken oder treckt wi dat hier dörch as jümmers?«

»Wat schüllt wi anners doon?« Ines tucks mit de Schullern un keek sik üm, »hier is rein gornix los. Wo sünd blots de annern Inselgöörn, de se ok hier her afkommandeert hebbt? Sünd wi to fröh?«

Pia keek sik üm un meen: »Villicht

hebbt de annern eenfach so veel Kuraasch un maakt an' Wiehnachten mol ganz wat anners. Blots wi truut uns nich!«

»Wat wullst du denn so opstellen?« Björn keek sien Swester verbaast an: »Du büst de Jüngst vun uns. Mama un Papa dreiht dörch, wenn du an de Fierdaag alleen tohuus sitten deist!«

»Ik will jo gor nich alleen tohuus sitten, Björni. Ik bün bit över beide Ohrn verleevt. He heet Malte, he is super un he leevt mi ok – aver ik kann em doch nich glieks op unse Familienwiehnacht mitslepen. Denn bün ik gauer wedder Single, as ik kieken kann!«

»Ganz so is dat jo nu ok nich«, Georg keek in sien Glas Beer rin, »se hebbt all tosamen so ehr Mucken. Man se meent dat doch blots goot. Dat veele Eten, dat liggt mi villicht 'n beten op'n Maag.«

»Charlotte hett jo nu al mol de Fleeschklümp vergeten«, Björn lach sik en, »wi köönt villicht noch hoffen …«

»Dat vergeet man«, meen Ines, »ik heff al in't Köhlschapp keken. Dat gifft 'n Barg to eten. Mi warrt ganz mau in' Maag, wenn ik dor blots an dink. Segg mol, Christine, wat is egentlich mit di los? Du büst doch sünst jümmers Füer un Flamm för den ganzen Wiehnachtskroom. Worüm büst du so still?«

All keken se Christine an. Ehr Maag knurr as dull. »Ik will nich doröver snacken. Ik kööp mi nu 'n Fischbrötchen. Bradhering. Un ji … ji hebbt mi bi't Eten vergeten!«

De neegste Morrn weer slimm. Christine kunn blots an ens dinken:

Nu is Hilligavend.

Un denn: *Mien Kopp.*

Denn höör se al den Huulbessen. Nix hett sik ännert. Charlotte weer dorbi, de eersten Nodeln wegtosugen. De harr de Dannenboom över Nacht verloorn. Dat weer eenfach to hitt in de Wahnstuuv.

Charlotte kunn Dannennadeln op'n Footborren nich utstahn. Se leep jümmers barfoot. Denn höör se dat klötern. Un dorno schafudder en as dull rüm. De dore Larm keem ut de Deel. Georg un de Engels. Ehr Broder weer de Eenzigst, de to groot weer för de dore Dekoratschoon. He müss sik jümmers bücken. Wohrschienli harr he dat na all dat Beer glatt vergeten.

Christine keek op'n Wecker, sücht deep un trock sik de Deek wedder över'n Kopp. Dat wörr nich mehr lang duern. Se füng an to tellen. Bi negen floog de Döör op. »Fröhstück. Frohe Wiehnachten!« Heinz baller de Döör wedder to un bölk denn na twee Sekunnen densülvigen Lex in de anner Stuuv rin. Christine höll sik den Kopp. Wokeen weer blots op de dösige Idee kamen, Punsch as Afsacker to drinken? Nu full ehr dat wedder in: Björn harr em bestellt. He weer dor Schuld an.

Se höör Ines över de Deel sliekern. Un denn bölk se los: »Aua, verdammi noch mol. Överall steiht hier wat rüm!«

»Kiek doch, wo du hinlopen deist«, Charlotte stell den Huulbessen af, »dat weer mien Wiehnachtsaant. Nu is de Kopp af. Kiek mol, woans dat utsehn deit.«

Christine keek ut ehr Stuuv. Wat weer dor för en Kuddelmuddel. De Huulbessen leeg merrn in de Deel, Ines huuk op'n Footborren un höll sik den Foot. In de anner Hand harr se den güllen Kopp vun de Porzellanaant. Charlotte höll den Rest vun de Aant füünsch in de Luft. Achter ehr stünn Heinz, de jiddelig mit sien Hannen rümfuchteln dä. »Fröhstück. Dat is al na negen. Wenn ji nich bald kaamt, denn warrt dat jümmers later un denn geiht dat Gejachter wedder los!«

»Ik blööd«, Ines keek vergrellt hoch, »dat is keen Wiehnachtsdekoratschoon, wat du dor hest, dat sünd Wapen. Georg, pass op!« Se dreih sik rüm. Ehr Broder keem jüst de Trepp daal. »Hier liegt överall Schören rüm.«

»Engels?«

»Aant.«

»Fröhstück, Georg, nu kaam tominnst du her. Ik fang al mol an.«

Heinz güng stracks na de Köök. Ünner sien Fööt gnaster dat. Dat Fröhstück güng fix. Blots Christine weer noch jümmers bi ehrn eersten Toast. Georg schööv al sien Töller bisiet un vertell denn, datt he na Westerland wull. He müss noch Wiehnachtsgeschenken köpen. Ines weer glieks Füer un Flamm un wull ok mit. Jüst as Christine wat seggen wull, sabbel ehr Mudder dortwüschen: »Also, wenn ji all tohoop fohrn wüllt, denn mutt Christine wedder mol de Kantüffeln för den Salat alleen afpulen. Ik mutt den Boom op Schick bringen.«

»Woso mööt jüm egentlich an' Hilligavend Geschenken köpen?«, fraag Christine, »Dat fallt jüm jo rechtiedig in. Ik heff all'ns.«

»So is dat!« Ines harr'n Grientje in't Gesicht un stünn op. »Dorüm muttst du Kantüffelsalat maken un wi gaht shoppen. Hool di!« Christine kunn nix mehr gegenan seggen. De beiden weern al üm de Eck.

»Wat söchst du denn noch?«, fraag Georg wat later, as se op'n Parkplatz an de Käpten-Christiansen-Straat stünnen. Ines tucks mit de Schullern.

»Dat weet ik noch nich. En Book för Christine oder ok wat anners? Mol kieken. Ik segg dat reinrut: Ik harr eenfach keen Lust, Kantüffelsalat to maken. Wenn ik morrns al Zibbeln un Gewürzgurken rüken mutt, denn krieg ik dat mit'n Maag. Un Mama schüfft denn ok noch glieks den Braden för morrn in de Röhr rin. Dat is doch gräsig, düsse ganze Freteree.«

»Nu holl mol op«, ehr Broder steek sik den Autoslötel in de Tasch un keek ehr wiss an, »dat is doch gor nich so slimm. Se geevt sik doch richtig Möh för uns. Un güstern avend weer dat doch echt lustig mit Pia un Björn. De beiden kregen wi anners doch ok nich to sehn.«

»Ik kunn jüst nu in en däänsche Köök sitten mit Lüüd in mien Öller, Koffie drinken, rümkalvern un …«

»Rümkalvern kannst du hier ok«, smeet Georg dortwüschen, »un wat Papa un Walter för dumm Tüüch maakt, dor wüllt wi gor nich eerst vun snacken. Un du weetst jo: Övermorrn is doch ok al wedder all'ns vörbi. Christine hett Recht: De weern doch all tohoop trurig, wenn dat keen Familien-Wiehnacht mehr geven würr. Also – vergeet du man dien Däne-mark un maak hier mit. Un nu laat uns man wat för Christine köpen. As Dank, datt se al wedder alleen mit'n Kantüffel-salat tositten deit – mutt je nix Grootet ween.«

Christine harr al schrumplige Fingers. Dorbi harr se noch nich mol ’n Halvpart vun de Kantüffeln afpuult. Charlotte harr Kantüffeln kaakt, dor kunn dat ganze Dörp vun satt warrn. Üm Klock twee weer de Wust-un Kantüffelsalat-Termin. Walter, Inge, Björn un Pia keken vörbi, denn eten se tohoop un achterran würr denn jedeen Familie för sik fiern. Later drepen se sik denn noch mol in de Kark. So as jedeen Johr. Aver – dat stünn liekers in de Steerns, woveele Lüüd to’n Eten keemen. De en oder anner keem geern mol an’ fröhen Nameddag vörbi, üm frohe Wiehnachten to wünschen. Un denn kreeg de natürli ok ’n Wust af. Dorüm weer jümmers noog dor.

»Wiehnachten is, wenn Christine för hunnert Lüüd Kantüffeln pulen deit«, Pia stünn miteens achter ehr.

»Verdorri«, Christine verfehr sik, »ik heff di gor nich höört!«

»Dat kunnst du ok nich«, Pia trock

ehr Jack ut un smeet se op de Bank, »Tante Charlotte hett sik in de Wahnstuuv inslaten un höört Wiehnachtsmusik – noch dorto teemli luut. Un de Huusdöörslötel steekt vun buten un keeneen is to sehn. Ik harr hier all'ns utrümen kunnt.«

»Wo is denn mien Vadder?«

»De is mi op't Fohrrad in de Mööt kamen. He hett över de Straat bölkt, datt de Slötel steken deit.«

»Denn harr he doch ok glieks seggen kunnt, wo dat Geld liggen deit. De Spitzboven harrn dat wat lichter hatt.«

»Dat hett he woll vergeten.« Pia trock de Schuuvlaad op un nehm sik een Mess rut: »Rutsch mol en Stück röver. Anners kaam ik nich an den Putt ran.«

»Christine?« Charlotte reet de Kökendöör op: »Segg mol – och, Pia, du büst jo ok dor – mutt de Jack dor so rümliggen? Wi hebbt doch en Gardroov. Christine, maak mol to! In een Stüüns

Tiet kaamt alle to'n Eten un du hest di noch nich mol frisch maakt.«

»Wi hebbt dat trecht,« Pia wiest op de dree Kantüffelsalatschötteln. Frohe Wiehnachten, Tante Charlotte. Is mit'n Boom all'ns kloor?«

»Jo«, Charlotte keek bi Christine över de Schuller, »maak dor man noch 'n beten Petersill rop. För't Oog, weetst Bescheed. Den Boom heff ik fein utstaffeert – un nu dröfft ok keeneen mehr in de Wahnstuuv rin. Hebbt jüm dat höört? Hett de Braden al pingelt?«

»Nee, Mama, man de Klock vun' Backaven«, Christine dröög sik de Hannen af un grien Pia an, »ik heff den Aven utstellt.«

»Fein«, Charlotte smuuster, »denn jump man ünner de Dusch. Pia, du kunnst di al mol üm den Disch kümmern. Sünd Georg un Ines noch gor nich wedder trüch?«

»De sünd op'n Autotog. Inselkoller.

Sünd al op'n Weg na Huus. Wiehnachten fallt ut.«

»Dat weer woll wat«, Charlotte keek Pia an, »statts Dööntjes to rieten, schullst du man lever anfangen mit den Disch. De Dischdeken heff ik al hinleggt.«

Meist nich to glöven – aver Klock twee seten se alle an' Disch. Christine seet twaars noch gor nich – aver se harr sik al twee Wüst opfüllt. Seker is seker! De annern keken ehr füünsch an. Se höll ehrn Töller mit beide Hannen fast un sett sik hin. Tante Inge schüddel den Kopp.

»Dat sünd doch keen Maneern! As wenn du sünst nix afkriegen deist.«

Christine füng an to eten – ahn een Woort to seggen. Heinz keek sien Dochter scharp an un sä: »Proost! Jo, denn man op Wiehnachten. Fein, datt wi wedder alle tohoop hier sünd.«

»Dat kannst du woll luut seggen!« Walter stött mit em an: »Ik segg dat aver glieks. Na't Eten mutt ik foorts op't Sofa un mien Middagsstünn maken. Anners kannst mi naher in de Kark vergeten.«

»Wovun büst du denn mööd?«, Charlotte quetsch de Semptuuv ut – un batz! – sprütt de schööne Semp op de Dischdeek rop. »Pia, hool doch mol dat Wischdook her. Man fix. Na, Walter, wat is nu?«

Björn sücht liesen. Christine full nu eerst op, datt he noch gor nix seggt harr. Walter hau em op de Schuller, bitdatt he witt üm de Nees weer.

»Mien Söhn hett een Buddel Whiskey vun sien Firma kregen. Feinen Kroom, segg ik di. Aver Björni much em toeerst nich. Kann ik gor nich begriepen.«

»He hett mi inschenkt, bit he mi smeckt hett«, Björn worr noch wat bleeker un schööv den Töller mit de Wüst an't anner Enn vun' Disch: »Mööt ji denn all'ns vör mien Nees afstellen? Ik mag dat noch nich mol rüken.«

»Du hest na den Punsch noch Whiskey sapen?«, Ines keek em verwunnert an, »Respekt! Ik harr dat nich afkunnt.«

»Dat güng Björn nich anners«, meen Tante Inge un nehm sik ehr drütte Wust. »He hett de halve Nacht speegt.«

»Mama«, Pia keek ehr scharp an, »dat will hier nüms weten.«

Björn keek sien Swester mit so'n elennig Snuut an – aver he weer ehr dankbor. Unkel Walter dreih sik na sien Swager üm: »Heinz, dat schall en mol verlangen. So'n urolen Whiskey. Un mien Herr Söhn will em noch mit Cola vermangeleern. Dat höllst in' Kopp nich ut.«

»Ik mag nu mol keen Whiskey«, Heinz stipp sien Wust in den lütten Sempplacken op de Dischdeek. »Cola avers ok nich. Denn müss ik ok spegen. Pia, hier is noch'n Sempplacken.«

Georg keek Björn an. De wörr so peu a peu gröön üm de Nees. »Worüm büst du nich noch mol to Bett gahn?«

»An Wiehnachten«, Tante Inge schüddel den Kopp, »wi eet jo woll jümmers tosamen Kantüffelsalat un Wüst. Wokeen supen kann, de kann ok opstahn. Walter hett ja ok nich speegt. Björn hett sik jümmers al so'n beten tiert. Dat hett he al fröher geern mol maakt. Weet ji noch, wat he rümblarrt hett, as he an' Strand op 'n Quall pedd is?. He wull meist dootblieven.« Se lach sik en, »Un as ...«

Björn wull sik nu nich länger verhohnpiepeln laten. He stünn op: »Ik gah to Bett.« Un weg weer he. Se keken ut' Finster. Jüst in den Momang fohr Björn suutje op sien Fohrrad vörbi.

»Papa, dat is för di«, Christine höll ehrn Vadder een root-güllen Geschenk hin un wisch sik den Sweet vun'e Stirn. Dat weer bruttenwarm in de Wahnstuuv, de Heizung stünn op fief un dor brennen wiss föfftig Kerzen. Ahn den Wiehnachtsboom, versteiht sik. De harr elektrisch Lichtern. So kunn he bit in' Januar jümmers mol wedder in Gang ween.

»Frohe Wiehnachten.«

»Danke, mien Deern.« Heinz nehm dat Paket un smuustergrien. Denn puul he de Slööf op, friemel dat Kleevband af un pack dat ut. »En blauen Pullover«, he weer deep anröhrt, »du hest woll sehn, datt mien olen nix mehr döcht ..., danke, mien Deern. Wat kiekst du denn so, Georg?«

»Nix, Papa, gor nix. Christine, för di.«

Se kreeg jedeen Johr vun ehrn Broder een Teinerkort för de Sauna. Un he kreeg dat sülvige vun ehr. Se müssen blots noch so doon, as wenn se sik freun dän. Weer doch Wiehnachten.

»Danke, Georg«, sä Christine mit heesche Stimm, »ik dank di vun Harten.«

»Nu maak man nich so'n Gedööns ...«, meen Georg tofreden.

Heinz wipp op dat Leddersofa hin un her, keek op de Klock un meen: »Ji weet woll, datt wi glieks in de Kark wüllt, oder? Kiek mol, Charlotte, dat is för di.«

»Nee, för Christine«, Charlotte böög sik na vörn, keek sik dat Geschenk an un lehn sik wedder trüch: »Dor steiht aver Mama op. Tööv mol – hier is dat sülvige Paket noch mol. Hest Recht, för Christine. Dat süht jüst so ut.«

Mudder un Dochter packen ehr Geschenken tosamen ut: Desülvige Körperlotschoon, desülvige Verpacken. Beide müssen lachen. Heinz schüttkopp: »Schall mi mol verlangen, ob ji beide ok dat sülvige betahlt hebbt. Ik glööv, hier op Sylt is dat dürer – aver laat goot ween. Och, is dat ok för mi?«

Düt Mol wörr dat Poppier mit Smackes opreten. »'n blauen Pullover. Wokeen hett mi …? Georg? Veelen Dank ok. Also, ik kann goot twee bruuken. Een mutt jo ok mol wuschen warrn.«

Ines weer dorbi, de Teinerkort vun Christine uttopacken un Georg freu sik över dat Raseerwater vun Charlotte. Dor funn Heinz noch een Ümslag ünner'n Boom.

»De is för mi. Wiss vun Ines. Weetst du egentlich, datt ik nu al 31 Gootschiens vun di heff? Vun Hamam bit to'n araabschen Eten – all'ns dorbi. De heff ik all tosamen in en Album rinbackt. Wat is dat denn hüüt? Aha, een Gootschien för …«, sien Stimm wörr liesen, »… för een blauen Pullover. Ähm, danke, Deern, anner Farven kleed mi ok nich, richtig schöön. So, nu hebbt' wi't woll, oder? Laat uns man fix dat Poppier insammeln un denn mööt wi ok los. Dor piep doch wat.«

»Dat is mien Handy«, Georg sprung op, »dat warrt Nina ween. De will di frohe Wiehnachten wünschen.«

»Grööt schöön«, Charlotte rull de Slöfen op.

Georg keem mit dat Telefon in de Hand wedder trüch. He treck sien Stirn kruus.

»Wat hett se … du telefoneerst jo gor nich«, meen Charlotte verbaast.

»Dat weer en SMS. Vun Sebastian. Dor is wat in' Senner passeert. Ik roop em gau mol an.«

He güng wedder rut. Dat weer em hier to luut. In'n Fernseher leep nämli de Tölzer Kinnerchor. De sung sik jüst in' Wiehnachtsheven rin. Dor kunn he nich gegenan snacken.

»Maak doch mol den Fernseher wat lieser, Papa.« Ines harr al dat tweete Glas Rootwien drunken un weer al dorbi, mittosingen – aver se wull partout ok weten, wat dor in' Senner mallöört weer.

»Denn kann ik nix mehr höörn«, Heinz wipp mit'n Foot in' Takt, »ji ruschelt so luud mit dat Poppier.«

»Aver nüms kann bi den Larm telefoneern.«

»Dat is keen Larm. Dat is Musik. Un Georg is jo al trecht. Un, mien Jung, wat is los?«

Georg leet sik op de Armlehn vun Christines Sessel fallen: »Dat weer Sebastian. Jichtenswat weer mit den Fisch in uns Kantin' nich in Ordnung. Fief Lüüd ut de Redakschoon hebbt nu'n Levensmiddelvergiften. Un morrn Avend is wedder Sennung. Ik mutt arbeiden. Dat hölpt all'ns nix. Morrn Middag mutt ik los – deit mi echt leed.«

»Tja«, Charlotte keek ehrn Mann un ehr Döchter fraagwies an. Christine tucks mit de Schullern. Ines mell sik as Eerste to Woort: »Dat hölpt je nix. Wullt du mit de Bahn fohren oder schall ik ...«

Bevör se noch wat seggen kunn, stünn Heinz füünsch op: »Mit de Bahn? An Wiehnachten? Dor sünd de Töög proppenvull, de Heizungen funkschoneert nich, de kaamt to laat – de ganze Malesche. Dat höllt doch keeneen ut. Kümmt nich in'e Tüt – jüm sünd Geswister, jüm mööt tosamenstahn. Jüm sünd tosamen herfohrt, jüm fohrt ok tosamen trüch.

Christine, Ines, dat is jo woll dat Minnst, wat jüm för Georg doon köönt.«

»Jo, aver«, Christine mark sülven, datt se stamern dä – man se wull jo nu nix Verkehrtes seggen. Se weer bang, datt Charlotte glieks en Flapp trecken wörr – oder noch wat slimmer: Datt se anfung to wenen, »... aver wi sünd doch morrn noch all tohoop bi Tante Inge un Unkel Walter un wi mööt noch na de Navers hin.«

»Papperlapapp«, meen Charlotte groottöögsch. »De Arbeit geiht jo woll vör. Papa hett recht. Denn gaht wi eben alleen na Inge hin. Dor sünd jo jümmers noog Lüüd dor un den Rest vun den Koken, den köönt wi infreern. De Navers bestellt wi Gröten. Dat löppt sik woll trecht.«

Ines stünn dor un grien. Christine keek ehr scharp an. Heinz weer al ut de Stuuv rut un keem mit'n Fohrplaan trüch. »Hier, fief na een fohrt en Autotog.

Schaffst du dat, Georg, oder beter noch een fröher?«

»Dat langt«, Georg keek rundüm, »Mama, deit mi leed. Is dat nu slimm för di? Datt Wiehnachten blots so kort weer?«

Charlotte gnabbel sik op de Ünnerlipp rüm, tööv en Momang, keek ehrn Mann ganz kort an un sä: »Wenn wi üm halvi twölf Middag eten doot, denn kaamt ji rechttiedig los. De Braden is je fardig, de mutt blots noch 'n Ogenblick in de Röhr rin.«

»De Kark«, Ines sprung op, »in tein Minuten mööt wi dor ween.«

»Och, nee«, Heinz fool dägt de Hannen vör'n Buuk, »wenn ji morrn so fröh losfohrt, schüllt wi nu man alle to Bett gahn. Dat warrt 'n strammen Dag för Georg. Also, Kinners, Tähn putzen un af. Üm halvi acht gifft dat Fröhstück, anners warrt dat knapp mit dat Middageten.«

De dree wunken so lang, bit se Heinz un Charlotte nich mehr an de Huusdöör sehn kunnen. Eerst an de Krüüzung dreihen se sik üm.

»Yes!« Ines reck de Arms hoch un lach sik en, »dat is dat eerst Wiehnachten, wo ik nich veer Kilo mehr op de Waag heff un wo ik keen Familienkoller kriegen do. Georg, hest du den Fisch in de Kantin vergifft? Segg de Wohrheit.«

»Ik hoff, se sünd nich allto bedrüppelt«, Christine föhl sik slecht, wieldatt se so froh weer, »nu sünd se ganz alleen.«

»Kaam, Christine, se hebbt ehr Geschenken kregen un keeneen kann dor wat för, datt ik arbeiden mutt. Un nu hebbt wi wedder een Johr lang Roh. Un se weern jo ok nich mucksch.«

»Dat will ik hoffen«, Christine böög op de Hauptstraat na Westerland. »Is dat nich fein? Hüüt avend is Wiehnachtsparty bi Luise. Dor kann ik endlich mol hin. Dat wull ik al so lang mol. Dreih doch mol dat Radio liesen. Ik kann keen Wiehnachtsmusik mehr höörn.«

Bi de Autoverladen weer nich veel los. Christine stell den Motor af un keek op de Klock: »Veel to fröh. Dat weer wull de Fluchttrieb. Wat söchst du egentlich?«

Georg harr sien Jackentasch dörchwöhlt un fung nu an, as dull ünner sien Sitz rümtofuchteln: »Ik glööv, ik heff mien Handy liggen laten. Op'n Kökendisch. So'n Schiet. Ines, roop Mama an un fraag, ob dat dor noch liggen deit.«

Sien Swester versöch dat un Georg keek noch mol in sien Reisetasch rin. »Dor geiht keeneen ran. De sünd woll al bi Inge.«

»So gau?«, Georg keek verbiestert, »na jo, ik mutt trüch un dat Handy holen. Geiht nich anners!«

»Ik kaam nich mit«, Ines harr al de Döör apen, »op keen Fall. Womögli överleggt Papa sik dat noch anners un wi mööt doch dor blieven. Fohr du man alleen hin, du Döösbattel. Christine un ik, wi töövt hier un drinkt 'n Koffie an' Kiosk. Aver maak to. Wi sünd jo fröh noog hier. Wenn wi Glück hebbt, schafft wi den Autotog noch.«

Weer wat knapp, aver dat hett hinhaut. Georg keem dree Minuten vör de Tiet ankarjolt. Sien Swestern sprungen in't Auto rin un rop op'n Tog.

»Hest du dat funnen?«

Georg nickköppt deepdenkern, fohr dat Auto op'n Tog un stell den Motor af. He weer bedrüppelt. Verwunnert keken Christine un Ines sik an. He harr de Ogen dicht maakt.

»Wat is los?«, Ines schüddel em, »Mama in Tranen? Papa mucksch? Tante Inge grandessich?«

Georg hool deep Luft, dreih sik na sien Swestern üm un sä liesen: »Se weern nich bi Tante Inge.«

»Wo denn?«

»Ik bün in't Hus rin un heff nüms sehn. In de Köök stunn noch dat ganze Geschirr vun't Meddageten. Mien Handy kunn ik ok nich finnen. Denn bün ik in de Wahnstuuv rin.«

»Jo, un dor?«

»Dor leeg de ganze Wiehnachtssmuck op'n Disch. De ganze Dekoratschoon, all de Engels, all de Aanten, all de Wiehnachtsmänner weern al in Kartons packt un de Boom weer weg. Ik heff denn över'n Tuun in den Goorn keken. Mama un Papa weern jüst dorbi, den Boom över'n Rasen in de Komposteck rintotrecken. Un se hebbt sik en höögt.«

»Hebbt se di nich sehn?«, fraag Ines verwunnert.

»Nee.«

Christine wörr dor ok nich ut klook: »Hebbt se denn nix seggt?«

»Doch«,« Georg kneep de Ogen tosamen un keek sik de Sylter Landschop an,

»se hebbt den Boom in de Eck fallen laten un sik de Hannen an de Büx afwischt. Un denn sä Papa luut un düütlich: »Dat mutt aver ok mol ’n Enn hebben. De Göörn sünd doch al groot. Wo lang mööt Öllern egentlich noch düt Theoter maken? Se kaamt jedeen Johr wedder, Charlotte. So warrt dat nie wat mit Wiehnachten op Mallorca!«

»Wat?«, Christine un Ines keken verbaast.

»Mama hett wedder smuustert un seggt, datt se in’ Januar buchen wüllt. »Dat warrt nich licht för de Göörn, aver dor mööt se dörch«, hett se meent. »Ik schenk se to Ostern all mien Wiehnachtskroom. Denn köönt se dormit maken, wat se wüllt. Blots bi uns, dor kümmt nich een Engel mehr an de Deek ran. Basta. Un nu kaam, Heinz, ik heff noch ’n lütte Buddel Knallkööm. De kippt wi uns achter de Binn. Op Mallorca!«

En Wiehnachtsjob

Ik keek ut dat Finster vun mien Keller-büro. Dat füng jüst an to sneen un mien Luun worr so recht wat slecht. De Snee full liesen un sachte vör sik hin un küsel sik üm de Been vun de Lüüd. Denn bleev he op'n Footstieg liggen – blenkern un witt. De Dannenbööm op de anner Siet vun de Straat sehn miteens ut, as wenn se zuckert weern. De Wiehnachtslichten lüchten gülden över de Straat un de Larm weer miteens ok vörbi. Nich to glöven: Mien Leven weer in Gruus un Muus un buten füng een Wintermärken an. All'ns weer gegen mi, gegen Lisa Bergner, de jüst ehr Arbeit bi'n Avkaat verloren harr. De jüst frisch Single worrn is. De se verklaagt hebbt, wieldatt se sik rächen wull un de se verordeelt hebbt, wieldatt se optletzt all'ns in' Dutt haut hett.

Stormgebruus harr to mien Stimmung passt, aver doch keen liesen Sneefall.

Un anfungen hett dat all'ns, wieldatt ik 'n lütt beten fröher vun mien Swester trüch kamen weer un mien Fründ överraschen wull. Hugo weer al 'n ganze Tiet mien Leevsten, he harr 'n Porsche un 'n dulle Wahnung – un ik harr den Slötel dorto. Wenn dor mol Not weer. Ik harr mi de Överraschen so fein utdacht, harr 'n Buddel Rootwien mitnahmen un heel sexy Ünnertüch antrocken. Un denn bün ik mit 'n Taxi na sien Wahnung hinföhrt. Wat he woll seggen worr, dach ik so bi mi. Vör luder Freud heff ik vör mi hinsummt, heff de Döör opslaten un bün denn vun' Gloven affullen. Mien Leevsten weer mit so'n Blondine in uns Bett togang. Sehg ut, as wenn se rümturnen wörrn. Oder so wat in de Oort.

Wenn du en Loftwahnung hest, denn gifft dat keen Dören. Un dorüm kunn ik nich eenfach afhauen, ahn datt de beiden dat marken dän. Also heff ik em mol so örnli de Leviten leest. Un achterran heff ik denn noch sien Besöök utschaffuddert un den Rootwien op'n Footborrn tweihaut. In düssen Momang keem de dore Blondine ünner de Deek rut. Un ik kreeg spitz: Dat weer Dr. Sabine Leitmeier, Avkaatsch un siet veer Maanden mien Chefin. Kloor – ik harr nu nich noch 'n Foto mit de derangeerte Spitzenadvokatin in't Internet stellen schullt. Kloor – ik harr den Slötel för de Wahnung ok in'n Postkasten smieten kunnt. Un nich in' Gulli rin. Aver ik stünn nu mol ünner Schock!

Tominnst wulln Hugo un Sabine mi nich anzeigen. Vör't eerste. Aver mien Job weer ik liekers los. Nu seet ik as Uthölp in de Privatdetektei Matti un schreev Rekens. Mit 'n ole Deek op mien Iesbeen.

»Goden Dag.«

De helle Stimm reet mi meist vun' Stohl, ik dreih mi gau üm.

»Wat to'n Düvel …?« Ik sweeg still. De Rest weer nix för Kinnerohrn. Vör mi stünn so'n lütten Buttjer, so üm un bi tein Johr olt. Op'n Kopp harr he en Wullmütz, de witt vun' Snee weer.

»De Döör weer apen«, sien Backen weern glöönig root un vör Opregen wrang he an 'n Plastiktüt in sien Hannen.

»Denn maak de Döör man wedder to … vun buten. Hier gifft dat nix, keen Geld un ok nix Söötes.«

Ik wies em de lerrige Schuuvlaad, aver de Jung bleev stahn.

»Ik wull na Herrn Matti.«

»Dat is mien Chef un de is in Wiehnachtsferien. Du kannst an' 10. Januar wedderkamen. Aver nich fröher!«

De Jung bleev jümmers noch stahn un raschel blots mit de Plastiktüt. Ik keek jiddelig na em hin. He harr de Tüt fast bi'n Wickel un keek mi an: »Gifft dat keen Uthölp? Köönt se nich villicht …?«

Ik japp na Luft, keek em scharp an un kneep de Ogen tosamen.

»Goot! Is jo Wiehnachten, dor will ik nu mol fründlich ween: Wat wullt du? Du hest tein Sekunnen Tiet! Nu geiht los!«

»Mien Hund is weglopen. He heet Benni. Papa wahnt nich mehr bi uns un Mama is bi de Arbeit un hett keen Tiet, em to söken. Ik heff aver 'n Sporswien un kann den Detektiv betahlen. Wat kost dat, 'n Hund to söken?«

He weer ganz ut de Pust un keek op de Klock: »Acht Sekunnen!« Denn keek he mi an.

»Dat is düer. Wo heetst du överhaupt?«

»Emil.«

»Un wo olt büst du?«

»Tein. Aver blots bi't Mai. Denn bün ik ölven!«

Sien Hannen wrangt an de Plastiktüt rüm. He beet sik op de Lippen, nehm den Kopp hoch un sä: »Hier is mien Sporswien. Bitte nich tweihaun, dat hett ünnen 'n Plastikklapp!«

Sachten nehm he dat Swien ut de Tüt un stell dat op den Schrievdisch. Dat weer geel un dor stünn »Glückswien« op. Emil keek mi an. Sien Ogen weern natt – blots keen Tranen. Ik harr keen Lust op den Smuus. Snee lett mi jümmers week warrn.

»21 Euro un 70 Cent«, ik schööv de Talers op een Hupen, »'n Barg Geld!«

Emil nickköppt ieverig: »Dat is all'ns, wat ik heff. Aver Benni is dat weert. Söökt se em för mi?«

Egentlich kunn ik – mol afsehn vun Hugo un Dr. Sabine Leitmeier – blots twee Saken nich lieden: Lütte Göörn un grote Hunnen. Aver as de Snee nu vun Emils Mütz rünnerdrüppeln dä un he mi so truschüllig ankeek, dor full mi in, datt ik jüst ok nix anners to doon harr. Dor kunn ik ok so 'n utbüxten Köter söken. So keem ik tominnst mol an de frische Luft. Nu, wo dat jüst so schöön sneen dä.

»Ik maak dat«, sä ik un mi dücht, ik höör mi so'n beten na Humphrey Bogart an, »aver ik kann nix verspreken!«

Emil nickköpp un keem wat neger ran. Ut de Plastiktüt hool he so'n lütt Kuvert un schööv dat över'n Disch: »Hier sünd 'n poor Biller vun Benni«, sä he, »ut dat letzte Johr. Mutt ik ok wat betahlen, wenn se em nich finnen doot?«

Ik gluupsch op de Biller mit'n swattwitten Mischlingsköter. So'n Krööt kunn nüms klaut hebben.

Benni sehg nämli ut as so'n Knackwust mit veer krumme Been un groote runne Ogen.

»Nee«, sä ik, »Geld krieg ik blots,

wenn ik em finnen do. Wo hest du em denn toletzt sehn?«

Annern Morrn weer dat asig koolt. De ganze Stadt weer op de Been. Jedeen wull an' 23. Dezember noch fix de letzten Geschenken, wat to Eten un Geschenkpoppier un Slöfen inkopen. Un ik fraag mi: Worüm bün ik blots för'n frömmen Jung so fröh ut' Bett sprungen un heff mi in düssen verdorrigten Wiehnachtsrummel rinstörrt?

Mien Zielobjekt weer op'n Weg vun' Park na Huus utbüxt. Also leep ik de Straten op un daal un keek mi bi de Punsch- un Wustbuden üm. De Snee weer steenhart froren. Ik leep as op Eier.

»Ho, Ho, Ho!« De Wiehnachtsmann jump mi miteens in'n Weg. Ik kunn mi op den glatten Snee nich mehr holen un slidder in em rin.

»Hebbt se en an de Luuk?«, ik weer so

in Raasch, rutsch ganz ut un full vör em op de Kneen, »woso springt se mi an?«

Mien Hannen hebbt för dull brennt. Ik harr mi afstütt un de Snee weer nich blots koolt, de weer ok noch hart. Dat dä bannig weh, as de Wiehnachtsmann mi bi de Hand tofaat kreeg, üm mi optosammeln.

»Ik wull se keen Schreck injagen, aver se sehn so trurig ut, dor wull ik se 'n beten opmuntern.« Sien Stimm hett komisch klungen ünner den unechten Boort. Bi't Snacken klopp he mi mit sien Handschen den Snee vun'n Mantel.

»Wat maakt se dor?«, ik stünn wedder op un sloog em de Hand weg, »ik bün nich trurig, ik bün in'n Deenst. Hebbt se den al mol sehn?«

Ik hool dat Foto ut mien Tasch un wedel em dor mit üm den Boort. He nehm dat un keek sik dat an.

»Jo, de hett vör 'n Tiet an de eerste Wustbuud achter mi stahn.«

Ik keek op dat Bild: »De doch nich!« Woans keem dat Foto vun Hugo in mien Manteltasch? Ik heff dat flink wegsteken un hool dat Bild vun Benni rut: »Den dor?«

»Dat is 'n Hund?«

»Jo, kloor. Hebbt se denn jichtenswo sehn?«

»Nee«, schüttkoppt he, »is de afhaut? Ik will dor woll geern na kieken. Hebbt se 'n Kort dorbi? Wenn ik em seh, denn roop ik se an!«

Nu weer dat jo wichtig, datt ik den Opdrag vun Emil ernst nehm. Un so geev ik den doren Wiehnachtsmann mien Telefonnummer.

»Danke. Un ... ähm, frohe Wiehnachten!«

Dat is gor nich so licht, op Leddersohlen op den sneeglatten Weg lang to lopen. Un al gor nich, wenn de Wiehnachtsmann achter di ran kieken deit. Un de harr ok noch so schöne brune Ogen un weer ok noch recht wat jünger, as en sik so'n Wiehnachtsmann vörstellen deit. Kort vör de neegste Eck pingel mien Handy.

»Hallo, hebbt se al wat rutfunnen?«

»Hallo, Emil, dat is jüst eerst Klock ölven. Dat is koolt, heel glatt un fröh an'n Dag. Ik heff doch eerst anfungen.«

Emil weer recht wat trüchhollern: »Oh, is goot. Ik wull blots gau mol höörn, ob dat al wat Nieges geven deit.«

»Nee, gifft dat nich, dien Geld höört noch di to!«

»Dat geiht mi nich üm mien Geld, Fro Bergner. Ik will mien Hund trüch. Hölpen se mi ... bitte!«

Dor stünn he miteens. Hugo. Blangen Fro Dr. Sabine Leitmeier – an so'n Wustbuud. He leet ehr doch würkli vun sien Wust afbieten. Gruulig! Dat schudder mi. Düt Johr weer ik mit Wiehnachten trecht. Ik wörr morrn an' Hilligavend op mien Sofa liggen, en groote Kääspizza eten un mi den Film »Tote tragen keine

Karos« ankieken. Den harr ik woll al hunnertmol sehn.

Emils Stimm hool mi wedder op'n Wiehnachtsmarkt trüch.

»Jo, Emil, ik warr mi Möh geven. Glööv mi dat!«

As ik dat Handy wegsteken heff, müss ik smuustern. Dr. Sabine Leitmeier harr sik jüst mit Ketchup beklackert. Op den feinen düürn Leddermantel ... dat dä mi goot.

Suutje dreih ik mi üm ... wat geiht mi de dore Hugo an.

Jüst dor sehg Hugo mi un verjaag sik. Ik gung weg. Ik harr to doon.

Ik leet den verbasten Hugo achter mi un stüer in de Hauptstraat op den eersten Laden to. En Feinkosthändler. Ik stell mi an den Wusttresen an. De Verköpersch sehg ut, as wenn se veel mitkriegen wörr. As ik an de Reeg weer, heff ik toeerst 'n beten Schinken un 'n beten Lebberwust köfft. Denn heff ik ehr dat Foto vun Benni över'n Tresen schaven: »Dat weer all'ns. Un ik söök düssen Hund.«

Ehr Lachen wörr al recht wat weniger: »Worüm?«

»He is weglopen. Un ik schall em söken.«

»De höört de Martens to.«

»Höörte«, sä ik sachtmödig, »nu is he weg.«

»Hm«, se schööv dat Wustpaket un dat Wesselgeld över den Tresen, »sünd se Hunnensökersch? Oder höört se to de Familie?«

»Nich dat en un nich dat anner«. Herr Matti wöör stolt op mi ween. Ik müss hier raffineert rangahn. »Ik arbeit för en Privatdetektiv. Wi hebbt den Opdrag kregen un schüllt den Hund söken.«

Dat höör sik goot an, aver de Verköpersch bleev stur.

»Wat kost so wat? Un hett Fro Martens se losschickt?«

Ik bleev rohig: »Wi snackt nich över Geld. Un Emil hett mi den Opdrag geven.«

»De Jung?« De Fro böög sik över den Tresen un swiester: »So'n söten Jung. De Vadder hett 'n anner un is weg. De Mudder is Doktersch in't Krankenhuus un arbeit den ganzen Dag un oftins ok in de Nacht. Un Emil hett blots den Hund. Se mööt em finnen. Hier ...«, se greep gau twee Wüst ut'n Tresen, »to'n Ködern. Veel Glück. Wenn ik den Hund sehg, denn roop ik se an ... Nummer?«

Ik geev ehr mien Kort ... dat leep doch recht goot. Een vun de Wüst heff ik glieks opeten. Ik kunn Benni jo 'n niege köpen.

Ok in de Afteek in de Naverschop kennen se den Hund vun't Ansehn. Hier hebbt se mi denn ok glieks noch vertellt, datt Emils Mudder nich blots 'n düchdige Doktersch weer, nee, se weer ok noch 'n ganze Smucke. Un ehrn Mann, de jo nu weg weer, de weer ’n groten Strohkopp. Un Emil, jo Emil, dat weer ’n Goldstück. Ik müss keen Detektiv ween – ik kunn foorts marken, datt de lütte, spiddelige Afteker sik in Fro Dr. Martens verkeken harr. Un ’n Sluderwiev, dat weer he bavento.

As Emil dat drütte Mol anreep, dor seet ik jüst an mien Kökendisch. Mien blaufroren Fööt harr ik in en Schöttel mit hitt Woter. Ik wull mol kieken, wat dor hüüt bi de Arbeit rutsuert weer. Bit op de Wust, den Kalenner vun de Sporkass, ’n Barg Slickerkroom un gootmeente Verspreken harr ik nix rutfunnen. Ik much Emil dat gor nich seggen.

»Nu söökt se all mit«, verkloor ik em un möök em Moot. »Wi warrt em finnen, ganz seker. Un morrn warr ik wieder söken. Gode Nacht Emil un slaap goot.«

Vör’t inslapen heff ik mi vun den Wiehnachtsmann wat wünscht – de kunn je ok woll mol wat doon.

Dat Telefon reet mi ut mien Droom, wo Benni sik jüst in Hugos Mors fastbeten harr. Ik stünn dorbi un füer em an. Ik dreih mi dösig üm un nehm dat Handy:

»Jo?«

»Lisa Bergner? Sünd se dat?«

»Jo, wokeen …?«

»Mannomann, wat hebbt se denn mit ehr Stimm maakt? Hier is de Wiehnachtsmann.«

»Dööskopp«, ik wull dat Handy al afstellen, as de Stimm wat luder wörr.

»Nich opleggen … ik bün dat, ik heff se in den Park ümlopen. Ik heff den Hund sehn!«

»Wat?«, ik jump hoch. »Wo? Wat is de Klock?«

»Dat is halvig tein. De Hund is mit'n ole Fro ünnerwegens. Ik stah jüst vör ehr Huus, Kastangelallee 26.«

»Blievt se dor, ik kaam glieks!«

De dore Wiehnachtsmann heet normolerwies Lars – wenn nich jüst Wiehnachten weer. Egentlich harr he Arbeit bi't Radio, blots in Dezember, dor speel he den Wiehnachtsmann. Lars harr Benni op'n Weg na sien Arbeit sehn. He weer sik heel seker.

Nu stunnen wi al 'n ganze Tiet vör't Huus in de Küll un hebbt töövt. Dat snee liesen vör sik hin. Twischendörch harr Lars mi fraagt, wat ik denn Hilligavend so maken wull. Un ik heff em dat denn vertellt.

»›Tote tragen keine Karos‹ – den Film kiek ik opleevst«, harr he verwunnert seggt. »Un denn noch Kääspizza – dat is 'n Teken!«

He harr Snee in't Hoor un op de Ogenzimpern un ik heff noch nienich 'n Wiehnachtsmann drapen, de beter utsehn dä as he. Aver ik harr en Opdrag.

»Ik gah dor nu rin. Wenn ik in tein Minuten nich wedder buten bün ...« Dat mit de Polizei heff ik rünnersluckt. Dat weer wiss wat överdreven. Lars nickköpp ernsthaftig: »... denn kaam ik achterran!«

Ik pingel eerst eenmol, denn noch eenmol un denn heff ik den Pingelknoop nich mehr loslaten. Dat weer koolt, de Snee full as dull un ik wull partout den Hund. Miteens güng de Huusdöör op. En ole Fro stünn vör mi. De witten Hoor weern vigelliensch hochsteken un se harr 'n düstergröönet Samtkleed an, Lackschoh an de lüttjen Fööt un 'n Parlenkeed üm den Hals.

»Jo, bitte?« se keek mi vun ünnen bit baven an un en Wulk ut Zimt un Vanille weih üm uns rüm.

»Goden Dag«, ik güng op ehr to, »ik heet Lisa Bergner.«

De ole Fro weer verbiestert, keek mi trüchhollern an un hett de Döör denn wat wieder opmaakt: »Kamen Se rin«, sä se, »dat sneet.« Se dreih sik üm un güng dörch de Deel in de Kööк rin. Ik leep gau achterran. De Köök weer hellicht, op den

Disch stünnen Schötteln un Keksdosen, in't Finster bummel 'n Lichterkeed üm 'n Wiehnachtsteern rüm, op den Herd brussel wat vör sik hin, in't Radio speel Wiehnachtsmusik un op de Eckbank leeg de hässlichste Köter vun de Welt un sleep. In Natur weer he noch wat dicker as op de Biller.

»Dat is jo ...«

»Gahn se man sitten«, de ole Daam manövreer mi op en Stohl, »Koffie?« Bevör ik wat seggen kunn, harr ik al 'n Tass vör mi. »Zimtsteerns? En Stück Stollen?« Mien Maag knurr. De Wiehnachtsmann harr mi jo vör't Fröhstück anropen. Aver ik harr jo noch 'n Opdrag. »Fro ...«

»Kossens«, se smuuster mi an, smeer mi 'n Stück Stollen mit Bodder un schööv mi den Töller hin. »Liane Kossens, langen se man düchtig to, ik heff dat all'ns sülven backt.«

»Nee, danke.« Ik wull mi nix naseggen laten. »De Hund. Höört de ...«

»Ik heff ok Eierlikörkoken«, se wiest op dat Kökenschapp, »un Höhnersupp. Un Rinnerbraden.« Denn keek se bedrüppelt na ünnen un sä: »Ik heff dree Daag kaakt un backt. För Wiehnachten. Ik wull vergeten, datt ik alleen bün. Mien Mann is in't Vörjohr storven. Un mien Dochter leevt in Ameriko. Se kunn an Wiehnachten nich röverkamen. Un denn seet dor düsse Hund in mien Goorn. Ik wull em ok na Wiehnachten trüchbringen. He mag Zimtsteerns, hebbt se dat wusst?«

Se strakel Benni över'n Kopp. De leet sik aver nich störn. Dor pingel dat as dull un dat kloppt noch dorto an de Döör. Fro Kossens keek mi bang an: »Is dat de Polizei?«

»Nee«, ik schüddel den Kopp, »de Wiehnachtsmann, den köönt se geern rinlaten.«

Wat later sünd wi denn na de Wahnung vun mien Opdraggever lopen. Lars harr sik sien Arbeitstüch antrocken – den roden Mantel un de Wiehnachtsmannmütz. Un Liane Kossens sehg in ehrn grönen Samtümhang ut as so'n Wiehnachtsboom. Dat snee as dull. As wi opletzt bi dat Huus weern, reet Emil jüst de Huusdöör op. In de Hand harr he een Mülltüt. He verjaag sik düchtig, as he den Wiehnachtsmann sehg. Denn wörr he Benni wies un strohl vör dull. Ik kunn nich glöven, datt sik so en dicken Hund so gau ut de Lien rieten kunn, blots üm op'n Arm vun den Jung to jumpen.

Emils Mudder keem wat later. Dor weer noch en Notfall in't Krankenhuus west. Dat is all'ns gootgahn – aver se harr dat nich mehr schafft, intoköpen.

»Dat is schöön, datt se den Hund funnen hebbt«, sä se, »un nu kann ik se noch nich mol wat anbeden. Emil un ik mööt nu woll Kääspizza eten. Ik bün würkli en slechte Huusfro.«

»Dor heff ik aver ’n Idee«, ob dat mien gode Seel weer oder mien Apptiet, dat weet ik nich. Aver Liane Kossens strohl mi an un ik wüss, ik harr Recht.

De Snee leeg meist twintig Zentimeter hoch, as Lars un ik bi Middernacht rüm na Huus gahn sünd. Wat weer dat kommodig un warm west in de gode Stuuv vun Fro Kossens. Nu snee dat nich mehr, de Steerns glinstern vun’n Heven un in all de Finsters ümto kunn en de Dannenboomlüchten sehn. Över all’ns leeg deepe Roh un Freden.

Mien Wiehnachtsmann hett sien Mütz op’n Kopp sett un nehm mien Hand: »Dat weer ’n richtig feinen Hilligavend. Wo hest du dat vun wüsst, datt en de Dree tosamenbringen mutt?«

»De Veer, vergeet den doren dicken Köter nich!«

»So dick is de nu ok wedder nich, segg al, wo hest du dat vun wüsst?«

Ik keek em an. Egentlich glööv ik jo nich mehr an den Wiehnachtsmann, aver düssen hier, dat is würklich ’n dullen Keerl.

»De Hund hett dat wusst. He hett sik Fro Kossens utsöcht, ik … tschülligung, wi, hebbt se blots funnen. Hest du dat mitkregen? Emils Mudder hett Fro Kossens fraagt, ob se bi ehr as Huushöllersch arbeiden will. Un op Emil un Benni, dor schall se ok oppassen. Un se hett toseggt.«

»Dat is goot«, Lars böög sik na mi rünner un geev mi ’n Söten, »den Keerl dor an de Wustbuud …«

»Jo?«

»De weer doch nix för di.«

»Nee«, ik schööv mien Hand in sien Manteltasch rin, »gor nix … ik wünsch di frohe Wiehnachten.«